星の子

伊丹悦子詩集

土曜美術社出版販売

詩集　星の子＊目次

詩集　星の子

I

真夏野

射し初《そ》める
光線　ひとすじ
――火だね　点火
いちめんの　あさつゆに
いっせいに　飛び火
水球　黄金《きん》に
朗らかに　揺らめいて――発火

転げ落ちて
聖なる――爆発
見上げれば
青みがかった天体を　果てしなく遠ざかる
夕べの星群

鬼灯

赤い鬼灯《ほおずき》
青い鬼灯
草むらの鬼火
ふらり　ふらり　飛ぶ　火群《ほむら》

ゆれる　貸し宿　紙の家
風は
どこから吹いてくる
真夏の夜は
うす火ともして　待ちましょう

赤い提灯　こちらから
青い提灯　あちらから
　捧げ持って
目には見えぬものが列になって通る
夢の——サラマンダー　赤鬼灯は
オロチの瞳

お盆の夜には　供えましょう
精霊棚に　ふんわりと
小さな雪洞　道しるべ
どうぞ
あのこがかえって来られるように

月夜のピエロ

おぼろ月夜のでこぼこ道は
何だかチクッと痛みが走る
——心の奥の　ゆえ知らぬ痛み

夜ふけの街を
化粧も落とさず　ピエロが行くよ
敷石を踏んで　ひとり

月光の　スポットライトに照らされ
おどけ踊りながら　影法師も行くよ
今夜の観客は

見下ろす空のお月様だけです

どこへ続くか
おぼろ月夜のでこぼこ道は
何だかチクッと痛みが走る
――心の奥で　こすれ合う貝殻
彼方では　いっせいに　だれかが
何かを　呼び集めている

なんでこの世が辛かろう
笛と太鼓と隊列の響き
泣いていても　笑っていても
道はでこぼこ　ゆえ知らぬ
ゆえ知らぬ

（ルオーの「郊外のキリスト」によせて）

ポプラ

高い秋の空に
まっすぐに立ち
キラキラ　キラキラ
夕陽に　金に
ふるえる　木の葉のこどもたち
　——寂寥との和解

天空には
たったひとつ
眠ることのない　煌く瞳のヴィーナス

微かにまたたきつつ　奏でるのは
古代ギリシャの竪琴《リラ》のしらべ

天翔る　天上の琴弾き
　地上の慄《おのの》き
ものみな　はなればなれにむすばれて聴く

――存在の秘密？
それは
ここから　そこまでの距離
そこから　ここまでの時間
そして
死すべき人間

影一つ

蒼天に
ひらかれた
六月の大どおりを
一羽の燕が　翼を水平に
スゥーイッとすばやく過《よぎ》るとき
プラタナスの葉陰にふと一つ灯るのは
木漏れ陽のランプか　それとも夕陽の涙なのか

底なしの空に投げ込みなさい　今日の貴方の憂いを
深ぶかとした虚空が優しく包んでくれましょう
枝先には鈴のように丸い実　微かに揺れて
いま在ることの不思議　薄青い永遠
淡い時の翳たち　消えがての囁き
天には明星　金にまたたき
地には見知らぬ影一つ
瞬間《とき》を踏みながら
ゆっくりと
行く

キネマトグラフ

若い日の
かがやきと
おろかさと　滑稽で無鉄砲な夢を
心の窓からはるかに展望す
――それは銀幕の

自作映画の一シーン
老いて　ほとほとと
並木の向こうに去り行く人影
よろめく肩に　足もとに

きらきらと　降りかかる木漏れ陽の祝福
つむじ風が　さっと

銀髪をおおきく美しく吹き上げて
それからひとしきり　存在を
すばらしく明るい　夕陽の limelight* が照射する
若い日の驕りと恥と悔いの船旅のいっさいを

まだすこし　トパーズの
淡い黄昏ばかりが消え残る
でも　夜の闇が来たら
それらのすべてを　おお　そおっと
吹き消してしまいます

*　映画「ライムライト」から

暮色

菫色の暮色が
遠い窓辺を包みこむ
——静かにして！
今日が
いま終わるところ

月の出を待つ白い船が
入り江のむこうに停泊している
今日が去るのは　天球の時刻が
間もなく

音もなく入れ替わるから

ただそれだけのこと
別離はしずかに訪れる
だけど――見知らぬ影がふと振り返る
待つ人も　待たれる人もいない天空を巡る
　蒼く細長い指先が

Dark violet に染まる真夏の
薔薇の首を一つ
音も立てずに捥《も》ぎ取っていく
人が人と別れていく
あまり遠くないところで

黒いリボンを

——暗いものをじっと見つめて
あなたの参考になるものをお摑みなさい（漱石）

天使たちはつねに孤独で
それ故に　どこからともなく
振りまかれている　閃く悪意と殺意を
　　　　圧殺す——土竜叩きが如くに

結んであげよう　あなたの胸元に
苦痛と罪と哀しみの　黒いリボンを
教えてあげよう　天使たちに
人は自分でも　思って見なかったことを

突然やってしまうもの

気をおつけなさい　自分にも他人にも
内に住んでいる得体の知れないものに
理性の眠りを待って　人知れず目覚めるものに

航海はもう終わった
けれど魂にとっては永久に苦い思い出
じっと見つめる　その哀れな睫毛に花束を

花束には　漆黒のリボンを結んで
投げ込みましょう海に波間に　この世の外に
闇に　光に焼かれる未来には　捧げよう
葬送と　鎮魂のための
祈禱を

メリーゴーランド

遠い記憶の中に息づく　月色の
キネマのひかり　ぼんやりと
あれは夜の裏側から照らす人工ライト
――あるいは生の裏側から？
その操り人形　眉のあたりが
だれかに似ている

不思議な光だ　北国の
そう　あれは一晩中　地球の裏側で
ティボリで　ブエノスアイレスで

カスバで　イスタンブールで
いちども訪れなかった街で
巨大な祭り

——なぜこんな世界があるのだろう
祭りはたけなわ　だけれどほんとうに
たいせつなことはたいてい思い出せない
回りつづけるメリーゴーランド
人はなぜ知っているのか　だれか
何時か　見たことがあるのか

通り過ぎたことはあるのか
魚臭い石畳に真っ白い貝殻の散らばる
南の　まだ行ったことのないあの街を
人は　なぜ考えるのか

そこだけが
信じられないくらいに明るくって
戦闘のように烈しい　美しい幻灯のようで

向こうから見れば　裏側はこちらだが――
それでもやはり問うだろう
なぜこの宇宙に　人が生きるのだろう
なぜ　こんな世界が創られたのだろう
なぜ　空中には黄金の月が輝き

人はどうして争いを好むのか
どちらかが倒れるまで
容赦なく戦い続けるのは
鳩と人間だけ　と言うが

留め金のない
メリーゴーランド
メリーゴーランド
人は　なぜ苦しむのだろう

黄昏

あわい黄昏
Violet blue の　匂いと色は
そのひそかな
だれの　どんなこころが　滲み出した？

なつがあきにかわるとき
さびしい　いろです――黄昏どきは
たすけてー　と

ああ　だれかが

呼んでいる　叫んでいる
ああ　地上のどこかで炸裂する　黒い火薬の
　戦火があがる　戦火があがる

　　白々しくも誰が言おうか　それを
　　　ただの狐火だ——などと
果てしも知れぬ　天と地のあはひでは
「不法《フホー》　不法《フホー》*」と　かすかにうたっている
めもみえず　とぶこともできない
いちわの　夜啼きの鳥が

＊　ハバクク書1の2
不法＝ violence、暴虐（ロシアによるウクライナ侵攻未だ止まず）

写し絵

冬の　夕空を
銀鼠いろの雲が流れていく
アヒルのかたちや　骨の数が透けて見える魚
それを追いかけていくのは
黒くて巨大な鯨

大きく口を開け　呑み込もうとするのか
流れにすがたを変えながら　無窮を滑っては
消えていくだけの　自由で
永久にはりつめた

天空のものがたり
呑まれるのが先か
吹き千切られてしまうのが先か
まるで地上の写し絵をみるようで
——ふと
「救い」*という言葉があるのを思い出す
どこから　何から

救われるだろう
救いは何処から来るだろう
上にも下にも何もない空間に
それから　ゆっくりと
見てはいけないうたかたの月が
金色に輝きはじめる

＊「救い」＝ローマ人への手紙10章

Ⅱ

真夜中の振り子

まばたきする睫毛は
震えながら　夢の中を探索する
探照灯の光も届かず
足音でも測れず
歩幅でも測れないものを――

コツコツと　虚空を打つ靴音が響く
――白い時の踊り子らよ
無窮　無音の果てなさよ
目を細めては目測する

応えのない壁
とおく閉じられた門
人の心の遥かなところで開き
また閉じては　再び耳の中で
警鐘のように打ち鳴らされる
　　あらかじめ　回答のない問い

いつまでも　どこにもたどり着けない
旅人の胸の鼓動に……気づいていますか
　ええ　もう戦い抜いて
　　誰でも気づいているでしょう

　何もかも――誰も
思ったこともない惨事が

いま通りすぎようとしていることも
人の中を
人の外を
蜃気楼のように軽く　うすく
すばやく　すり抜けるものがある

降りてゆく　滑りやすい螺旋階段を
睫毛よ
戦慄せよ
刻々を　寸分の狂いもなく　休みもせずに
　刻む
「時」の寝息とその非情さを

六月

行き行きて　もはや六月
年中でいちばん　闇ふかく
それゆえにいちばん罪ふかい月よ
空は　やすみなく灰色の雨を降らせ

紫陽花は　Mysterious Blue の
インクをうすめた憂鬱を
あたりいったいに流しはじめているし
にがい殺意でいっぱいのゴマノハグサは
紫蘇色の花の炸裂で　天空を

覆ってしまうほどになっているけれど

ほんとうは　何を隠しているの
やさしさと紙一重の　その冷酷さについて
どうやって耐えようか　心の底の疑惑や暗鬼
銀色に濡れた　つぎはぎだらけの報道写真と
泪色のこの季節――ひとには何が欠けているのか

こんな日は　シャボン玉色の羽根をつけて
燕のように低く飛ぼうか
戦場で死んだ若い通信兵のように
「暴虐　暴虐」と心に叫びながら
　持ち場を離れ　雨の晴れ間を　もう一段高く
　飛翔してもみようか　いつかのように

こんな時は　何をしてもいいのだけれど
そして誰にも止められもしないのだけれど
やさしい君が死にそうになっているというのに
泣く気にもなれない　ふるえてはいるが
こころには　堅い拒絶と黙秘を養う

いっそ戦場に　出向いていこうか
地獄にだって乗り込もうか
否　否　そんなところで誰も死にたくはない
――戦いの本当の相手は何処にいる

偽りの　戦の太鼓の鳴りやまないこの地上
人はいつになったら学ぶのだろう
おお　さ迷う　もはや六月
何を告げようとしているのか

ひとはいろいろにして生きてはいるけれど
――死も生きている
行き　行きて
生き　生きても
――究極は謎――だが　謎は警告
この答えを　だれが知っているのか

天意は　幾重にも　量り難く　究め難く
ほんに　終わりなき　罪深き六月
七月になれば　たいせつな君の　何度目かの
誕生月がやって来ようとしているのに

2022/06（ロシアによるウクライナへの侵攻止まず）

鳥のうた

鳥は　飛んでいく
南へ　北へ　ときには数羽　啼き交わし
東へ　西へ　空の深みへ

切り取られた窓　切り離された山脈
切りつけられた今日の切り口
傷ついた身を翻せば　モザイク模様の日常
——つねにそこにある非日常

焼け焦げた匂いのする翼の陰に

幾重にも差し込まれているしずけさ
くちばしの中には　火の手紙
――間違いなく何かが起こっている
のっぴきならぬ事実が畳み込まれて

方位計の針のように　首を長く伸ばし
昼は太陽　夜は星座の位置を見定めながら
追憶との境界をすれすれに
眼底に光る　上弦の月

鳥――という名の存在
冥府よりの使者か　鋭い爪を隠して
あるときは　人間の傍らを掠めて
鋭く低く飛び　明日の行き先は
すでに　察知している

推理のじかん

いま
なにかがとおりすぎた
じかんが――
過ぎたじかんが
遥かな哀しみを突き抜ける速さで

何の計らいか
それは幼い日にか
あるかなきかの　微かな記憶
じつにささいな誤差が　ちいさな棘のように

時間の中に　悪意のように侵入する

故意か　あるいは世の中は　しだいに整えられて
そのように破壊構成されていくことがあるのか
一つの記憶が埋葬されたあの日
――証言しようのない　かえらぬあの月
ゆれながら　リフレイン　リフレイン
川面から柱のように立ちあがる

――邪悪な遊戯　永遠に　垂直にぬれて
そして汚れて濡れた犬のように身震いする　だから
ここからは　怒りも哀しみもないただの
葬列に連なろう　黒い帽子は目深に被り
襟を立て　雪をかき分けただ黙々と歩むだけの
いつか　光る碧い坂の彼方から

氷を割りながら一艘の白い船がやって来たっけ
――一人の悪い敵がいれば　友だちが何になります？

＊

と話かける言葉に導かれ　いちどだけ
訪れたことのある町に　きょう　つばめが来る
暗さと明るさが交錯するときの軽い死の眩暈に似た
彼女の　あかるい絶望に乾いたその言葉を
かなしみとともに　写し出すだろう

リフレイン　リフレイン　過ぎたはずの
角々の　いくつもの　殺気を裏返す反射鏡に
虚仮威しのように映る
だれも知らないところで移りゆく季節
何故　どうして？
あるいは推理とは　ことばだけでも成り立ち得る？

欺瞞にはいつも　独特の臭気がただよう
おお　その罪が古いほど　その影も長く
人よ　夢を突き刺すイバラの棘はするどい　だが
かくれているものであらわにならぬものはなく
こたえは全部
　ひとつのことを指し示していますよ
と

＊　A. Christie の言葉

星の子

——ボヘミアンラプソディ（クイーン）を聴きながら

あれは
mama ——で始まる真夏の夜の
闇から生まれた星の子を
小石のように投げたれば
何処までとおくに届くでしょうか
それは　鋭い音を立て
地の果てに落ちるでしょうか

道の向こう側を行く人は*1
いつもそっと立ち去るけれど

それでもフと　幽かなその音に振り返るでしょうか
ただ　不審な音だと訝るだけでしょうか
流星なる星の子よ　あなたはわたしの息子
見守られない夢のかけら

そっと血を流す青い獣のように　それ故に
あなたは尊い希望の化身
天空の星の秘密を知っている
この世の謎を身につけて　胸に光の束を抱いている

だからもうmama――とは叫ぶな
毒茸の生長するこの闇の世に――産んだだけで
育てられなかったわが息子よ
それは星々の　日々の苦しみのようで
それは人の母親の悲哀のようで

空っぽの心　なぜ痛む

夜空を貫くその汽笛
碧く透きとおる星の子は　遠く低く飛んで行き
乾いた荒れ野をカラカラと
　風に転がるでしょうか
それを思うと寒気立つ

だからもう　mama　――とは叫ぶな
――行かなくちゃ　僕は遠く遠く行くからね
彼方に　地上の夢を追って戦いに
でも　ずっと見ていてください　ずっと
引き裂かれた星の子たちは
夜空を散り散りに疾走する

——だけど　もう手紙は書かないで
育てもできず　逢いにも行けず
人は　ただ動き回る影のよう
ママンは　遠いところで今日死んだ[*2]
毒茸の蔓延り育つこのうつし世で
でもそれも　たいしたことじゃない

わたしが産んだ星の子は　わが十字架——
天の宮で幼な児を抱く　白い衣のあなたよ
照らしてください無辺の闇を
銀河のテラスで何やら語り合っている
　永劫不滅の救い主と　その御母

＊1　ルカ　10章25～37
＊2　今日ママンが死んだ＝『異邦人』の冒頭

透視画法――refrain

おお満月の夜に
この身がゆっくりと傾き
ぐらり　ゆらぐときこそ出発の時
月いろの影を引きずり　虚空をめぐる
おお金の粉ふり撒く天上の琴弾き
――地上の慄き

風は織りなす　ためいきのしらべを
ことばは　吐き出すものではなく
うつくしく　呑みこんでいくものを
おおルフラーン　ルフラーン休みなく

遠近法で見れば　その一点に透視されるでしょうか
　シメール*を背負いて　ぢごくめぐりの　その背中

おお　それでもまだ死んではいない自分を——
だいいち　わたしはこの眼で直に
一度も見たことがないのです　自分の姿を
奥へ奥へと人間の　苦悩と　疑惑と

仮象の　道程は続く　おお続く
そして　猜疑の鏡のなかには
蒼い天の無言と
振り子時計の振り子につかまる
いつかは死んだはずの　あのひと

＊　ギリシャ神話の怪獣

曼荼羅

何をや告げる
青じろい銀の月
まあるく空に浮かびて
木々も　雲も　夕べの夢も
ものみな所在なさそうに霞む夜明け

闇の奥に消えて行くのは
夜を運ぶ小鳥の羽ばたき?
いいえあれは幼い日に祖母の背で
まどろみながら聞いた唄*

この世とあの世を結ぶしらべ
やわらかい頬に吹く風がつげる
この世の秘密を——

うたびとの
独りうたいの子守歌
気づいたら　わたしも独りうた唄いながら
旅をする　生まれ変わり　死に変わり
人のこころはいさ　知らず
——かくれているもので　あらわにならぬものはないが
夢を追いながら　求めながら
蝶の舞う舞う春の野を　童子のように

掌に触れるのは
紫雲英《げんげ》　蒲公英　月見草

花摘みながら見る白い月
路傍に坐す　半眼の野仏たちは
果てしない時の流れに
やわらかく傷つきながら
天地を経めぐる巡礼となる

何をか告げる浅き夢　ひっそりと
ついてくるのは真昼の月と
五陰盛苦《ごおんじょうく》と　寂寥と
　鈴の音　読誦　唱い　相響き

行き交う人ごとに合掌す
慈悲深い空間なのか　いまここは
震える地底から湧き上がるような
その現世《うつしよ》　生の響動《とよ》めきも

まわる　めぐる　この上もなく秩序よく
青味を帯びた無窮の深淵
かくも怖ろしい混沌のまっただ中を　守られて
心地よく　もの皆すべて　すずやかに
運行する天体のように　音もなく
持ち運ばれているのか
宇宙　曼荼羅のなか

＊ 御詠歌

なぞなぞ

くったくのない
五歳と七歳は
　　なぞなぞがお好き

ささめきながら
つぎつぎに出される　謎やらクイズ
　頭をひねっても　いのっても
　　まずは　解けない

でたらめ　という

あやしげな呪文がかかっていたら
　　もう　お手上げ！

そういえば
この世の中にも――
ぜったいに解けない謎があり……

へぼ役者

華やかな
人生の
舞台袖から
フと聞こえてくる
――声

「自分本位に曇った
　眼――幾重にも」

はて　？

今日の舞台は
何を
誰を
どう　演ずるのであったか

この人生は　影にすぎないし
劇場は　赤く黒く貌を塗り
ただ芝居をうつだけ
なのに　胸かきむしる
今日の　幕開き

Ⅲ

避暑村にて

――秋のけはひ入りたつままに

人を乗せないハンモックを
そおっと　夕かぜの手が揺らす
見ただろうか
この夏の鏡に映る青い永遠を

空を点々と　一列に飛ぶ鳥たちは
逝く夏を追いかけて急ぐ
――判読不能の古代文字
あすの方角はどちら?

足下に転がる　すでに
鳴くことをやめたクマゼミの
緑の翅脈が　かすかにふるえ
何も見ない複眼には

燃える八月の　のこり火
冷ややかな抱擁
うたかたの夢——蟬は二度死んだ
あらがいようのないしずけさに包まれて

切り株の上には
よみかけの古《いにしえ》の日記*
最後まで読み切ること
たとえどんな結末であっても

* 紫式部日記

空白のページ

図書館のある森の
丘の上広場で　日時計がめぐる
ときおり　わたしたちは見る
〈時〉を盗む紫の影が
長い真鍮の針の後ろにすばやく
隠れるのを――

太陽がめぐるのと同じ早さで
失われていくものはなに？
時を廻す時計の針は
いつのまに動くの　だれが気づくの？

知らぬまに　人が年老いる瞬間　など

永遠へと　旅する雲の群れが行く
かくれんぼをしながら
光のなかで　戯れる子供たちが
笑いながら大人になり　やがて
するりと　老人にもなっていく
その後ろ姿を　遥か遠くに

見送りながら
わたしは　すがすがしい夏の大気から
ゆっくりと立ち上がり
足をながく伸ばして　あちら側へ
影を引き連れ　季節を
わたる

鷗

どこからかしら
ボオォーーと　かすかにふるえる
船の汽笛を耳に聞く
聞こえるはずもない場所で
どこでだって　いつだって

聞く耳には　聞こえるでしょう
たとえば　遠い海のはるかな夜明け
白い客船が鷗を連れて　漂うように
さまようように出て行く合図

何を求め　何を捨て

もっと明るい別の港へ？
空の星が一つずつ　ふるえて消える
船の　最後のランプもいつのまにか消えて
東の海から昇る　まだ眠たそうな太陽が
珊瑚礁の波間に無数の

光のバラの花束を　投げこむのだけれど
いくさきなしの船旅は　楽しかろうか
何の合図か——
空耳か
なんだ　ただの海風が
この世の隙間を吹き抜ける音か

夜　眠るときは——別離

夜
眠るときは
誰しも　夜眠るときは
そのやみに溶け込む影のように
横たわる　わが身と
浮遊するやみとの境目もなく
夜をさえぎるものもなく
にじみ入るしずけさでみたされた海を
ゆられ　すべりゆくあおい　小舟のように
夜ごとどこかへ持ち運ばれていくのだろうか

溶けゆく吐息は水面をゆらし　生の
深みは　夜の　無常の深淵となり
——生と死は　どこで分かたれるのだろうか
いのちとは　どこまでも　ゆれてただよい
あるときは　フと　子どものときに死んだ妹が
どうやって超えたのか
ひとり　西の　茜の空の　階段を
黄金雲のだんだんを
のぼっていく　のを　見　たりする
いもうと　は　しだいに
小さく　とおく　振りかえらず
行くよ　くるしみも　なく
かなしみも
よろこびも
なく

十五歳のあのこに――トリカブトの花

わたしはさそおう
秋の雑木林へ
一緒に歩きに行こうよ――と
ひとりぼっちのあのこを
さそうことなど一度もなかったし
親しく向き合ったことさえなかったのに
長い人生のうちに一度も　あのこを
あのこと認めたこともなかったけれど
まだ十五歳――　飢えた深青の眼をして
野生の心をもてあましていたのだろうか

そんなあのこを好きになれなかったのは
あのこの密やかな心の深淵が
　透けて見えるようで——

白いヴェールをかけた「とき」が
わたしたちの貌の上を　なんども
なんども　撫でては行き過ぎたけれど
だぁれ　あのこは何処から来たの
あのこはまだあのときのまま　あのこは
何処にでもいて　わたしの内にもいる
けっして十六歳になれなかったあのこ
旅の終わりにあのこをさそって
——はにかんだように　あのこは
しじゅう　うつむいているだろう
何も言わなくてもすべてがわかるだろう

一緒に歩こう一度だけ　落ち葉ふみしめ
瞬間　瞬間を過ぎ去る　そのひとときを
明るい　あかるい秋の雑木林へ
しずかにゆれる木もれ日が誘う雑木林へ
そこには　あのこが黙ってひとり
　蹴っていたはずの
　　あの昏いちいさなくぼみに
　　　眼の醒めるような碧い
　　　　トリカブトの花が咲いていて
損なわれた時はもう取り戻せないけれど
あのこが微笑む　すばらしい木もれ日が
やさしく包むだろう　秋の雑木林へ

細い月

細い月がどこまでも
ついてくるのだった　真夏だった
北の原野を走る夜行列車の車窓に
よみがえる――湿原に
　金グサリみたいに映える月の光よ

座席の　前にも右にも人はいたが
一人降り　二人降り　いつ　どこで
どこへ　下車して行っただろう
その貌もみな月色に　何か

希望のようなものを照り返して
人それぞれに　幽かな弦の響きを奏でながら
あの〈昭和〉の時代を

共に行き過ぎた人たち
いまごろ何処でどうしているだろう
――だって五十年も昔のことだもの
そのときわたしは旅の途中の二十歳
月光は　わたしらの　何を
不滅にしようとするのか

――決して過ぎ去ることのない時間がある
見知らぬどうし　あの日あのとき　何故
乗り合わせたのか
黄色い冷凍蜜柑を分け合いながら

その冷たさに　互いに少し笑ったりもして

ほんとうは　レールはどこへ続くのだったか
不確かに軋る線路の上を　みな同じように
生の不安と　わが身の重さ軽さに
揺れながら　背中には

行き過ぎる時代の沈黙を際立たせながら
あの日あのときあの人たちと
ほんとうに出会ったかどうかさえも
今となっては定かではなく
ただ一つだけ確かなのは
もう　その人たちとは決して
逢うことが無いということである

子午線をわたる

青いキジバトが
扇のように翼を広げて飛んでくる日
幼いころのわがゆめの
それは特別な日

ひとつの約束が成就する日
不吉な手紙を咥えた一羽の海鳥が
前ぶれもなく舞い落ちる　月あかりの海へ
そしてすべてが身近に現れる日

——子午線をわたる
赤道と切り結ぶ真昼の星よ
銀色に霞む水平線の上を
時空を航行する真っ白い帆船が行く
　時　が移る　閃光のように
　今　を切り裂きながら

謎はいつか　おのずから解ける
ヴェールをすらりと脱ぐように
雑音にかき消されながらどこかから
途切れ途切れに聞こえる旧いラヂオの
掠れたもの憂い歌声も

Light violet の薔薇の匂いも　そう
もうどんな秘密の情報も　殺意も悪意も

臭気も嘘も毒も中傷も　信じない
大理石のうえに白く　降りそそぐ太陽が
眠気を誘う　とある空港のロビー
ふと見あげれば　よみがえるだろう
上階の手すりから　こちらへ

銃口を向け
じっと見がまえる女性兵士が一人
——心の革命　たぶん
あるいは　はるかな旅からの帰還

時の窓辺にて―― call to quarters

秋の窓べにふと　舞い込む手紙
誰かが　そっと拾いあげ
それと気づいて　読み解くために

遥かな異郷からの言の葉
渡りの鳥が　喉を伸ばし
一番星をさがして飛ぶように
時が運ぶ　羽音が運ぶ　その一枚が落ちかかる
時の窓べの　冷たい床のうえに

――この世に呼び出された者たちよ

幸福と苦しみは　互いに結びついています
星のひかりに透かしてみても
差出人の名は読みとれないの　たとえ
どんなに冷酷な予言であったとしても

あらかじめ秘められた約束ごとですから
シーキュウ　こちら真夜中の宇宙の岸べ
シーキュウ　そちらはどなた
――こちら　時の川の岸べにて

永遠が　流れて行きます　白亜紀の
剝製の鳥の唄う挽歌でしょう　耳に
　掠れる　暗号文は　CQ　CQ　ため息の
秋の日の／／ヴィオロンの
ひたぶるに　うらが　な　し

檸檬の木

としをとることは
檸檬の実る
季節を知ること

としをとることは
自分のなかに育てた檸檬の実を
ひとつひとつ味わっていくこと

なにかを知っていくことは　軽いよろこび
なにかを味わっていくことは　深いよろこび
なにかを失っていくことは

深い沈黙を知ること

としをとることは
ほんとうの　酸っぱさ苦さにであうこと
思い通りには決してならぬこの日々を
よろこんで受け容れることを　学ぶこと

そして　いつしか月のひかりが
あたりに　檸檬いろの紗《ヴェール》を広げたなら
ゆたかに醸された人生の

味わいのいってきを
月光のしずくのように
そっと滴らせる　一本の
檸檬の木になること

旅の途中——for the beautiful memory

ふとたち寄った小川の
ささめきのほとり
ほのかにシトラスの
白い花のかおりも漂うでしょう
青い空の下——

雨に　風に　晒されて
としふりし木製のベンチが
ポツンとひとつ
草の上に置かれていたならば
むこうからの時間と　こちらからの時間が

ふと行き逢うでしょう

そこでは　きっとなつかしい
出会いが待つでしょう
腰を下ろし　手をとりながら語らう
白い石膏の姉妹像のように　永く
想い出されるでしょう

両手をそっと重ねただけで
ぬくもりが子供の頃のように
直ぐにつたわりあうでしょう
旅の途上の胸の想いも　風の音色も
行き交うでしょう
ながく続く無言の旅の
その途上で

あとがき

ちょうどいま、『海辺のカフカ』*という小説を読んでいる。この本を薦めてくれたのは、古い詩集『オドラデク』（一九九五年）を覚えていてくれた旧友だったが、読んでいくうちに奇妙なことに気づいた。

十五歳の少年が主人公であるこの小説は、当然ながら私個人とは状況も背景も全く異なる次元で書かれているのに、所々の微妙な成り行き、その過程や心理、心情と、怪しむほど符合するものがある。

「オドラデク」はフランツ・カフカの短編の題名でもあるが、その後、年月を経て編んだ詩集『カフカの瞳』（二〇二〇年）はつい三年前で、ちょうどコロナ禍に入った年だった。この間、二十五年ほどのブランクがあったけれど、いずれもカフカの世界への拘りがあった。

——二十五年、その間、さしかかっていた親の介護、また崩れかかった旧い代々の家の後始末など、際限のない日々の雑事や生活のあれこれに疲れ果てていた。誰しもがするように親を看とり、葬り、だがその後も何か「死」と共存するように思える空虚感の只中で、ある友人から誘われたのが『聖書』を綿密に解読する集会だった。

そこでは紀元前からの、数々の「眼からウロコ」の世界と、広大な宇宙観、そしていまここに生きてある芥子粒のような自分……など、発見と驚きの連続の中で、気づいたら二十年の歳月が流れていた。

そんな時だった、もう一度詩を書いてみようか、と思わせられるふしぎな出会いが、ふとしたことから与えられた。以来、書き始めたらやめられなくなり、今に至っている。

『海辺のカフカ』に、作中の人物像を語るこんな一節がある。

「たとえばかたちにならないなにか―他人の目には映らない自分のためだ

けの追求のようなもの―に（彼女は）集中して能力を使うことにしたのかもしれない。あの人は何しろ二十五年ぐらい姿を消していたわけだし」と。

読み返してみても、自分の内の何かに微妙に触れてくるものがある。得体のしれないこの生の渦巻の底からも細々と「詩の源流」と呼べるものが滲みだしていたのだろうか。それをカフカ流に言えば、たまたま、とか、フと、とか、偶然、とかいうものほど、オモシロくも、また、オソロシイものはない、ということにもなるのであろうか。

＊村上春樹・著

（「詩と思想」―わが詩の源流―より）

ちょうどコロナ禍の始まった三年前、ふとしたことから、たどたどしくも再び詩作を始めた。

――すべてのことに時がある――（旧約聖書「コヘレトの言葉」）―という好きな聖句があるが、その「時」の場に、それとなく立ち会ってくださっていた中村不二夫様には、ただ感謝しかありません。こうした経緯がなければ、今ごろ詩は書か（け）ないままになっていたかもしれません。また古くからのご縁に繋がる土曜美術社出版販売の高木祐子様、そして装丁の森本良成様の、さまざまなご配慮に心よりの御礼を申し上げます。

そしてまた、拙詩へのご感想や、お導きをいただきました方々への御礼をも付記させていただきます。

二〇二三年九月

伊丹悦子

著者略歴

伊丹悦子（いたみ・えつこ）

徳島県生まれ。

学生時代、大学構内にある「温考館」で行われていた日本詩人クラブの定例会で、当時、事務局兼会長をされていた詩人、安部宙之介先生に出会い、詩の手ほどきを受ける。その後同人誌「灌木」「舟」「戯」などに所属したが、二〇〇〇年くらいから親の介護を経て、二十年近く『聖書』の解読に熱中。

二〇二〇年から、再び詩を書き始める。

詩集『だまし絵』、『虚空の時計』、『オドラデク』、『カフカの瞳』、『午後二時の旅人』、『ものがたりの森』ほか

現住所　〒七七〇―八〇四一　徳島市上八万町西山　一七五一番地

詩集　星《ほし》の子《こ》

発　行　二〇二三年十月二十日

著　者　伊丹悦子
装　丁　森本良成
発行者　高木祐子
発行所　土曜美術社出版販売
〒162-0813　東京都新宿区東五軒町三—一〇
電　話　〇三—五二二九—〇七三〇
FAX　〇三—五二二九—〇七三二
振　替　〇〇一六〇—九—七五六九〇九
印刷・製本　モリモト印刷

ISBN978-4-8120-2786-8　C0092